MW00679161

Mes histoires
de Loup

Textes de Orianne Lallemand
Illustrations de Éléonore Thuillier

AUZOU

Responsable éditoriale : Agathe Lème-Michau
Éditrice : Marie Marin
Conception graphique : Sarah Bouyssou
Responsable fabrication : Jean-Christophe Collett
Fabrication : Virginie Champeaud

Sommaire

Le loup

qui voyageait dans le temps

Ce jour-là, Loup farfouillait dans son grenier.

Il y trouvait toujours des choses extraordinaires.

Comme ce vieux livre par exemple, avec sa couverture dorée.

Intrigué, Loup s'empara du livre et lut le résumé :

CHER LECTEUR, CECI N'EST PAS UN LIVRE ORDINAIRE.
C'EST UN LIVRE À VOYAGER DANS LE TEMPS.
SI VOUS L'OUVREZ, VOUS SEREZ PLONGÉ AU CŒUR DE L'HISTOIRE,
PAGE APRÈS PAGE...
BON VOYAGE !

« Ah ! si cela pouvait être vrai !
soupira Loup. Comme ce serait
amusant de voyager dans le temps ! »
Et il ouvrit le livre.
Aussitôt, il sentit un long frisson
courir du bout de son museau
au bas de son dos, et **pffiou !**
il disparut.

Loup ouvrit les yeux, tout étourdi.
Cela avait marché ! Il n'était plus chez lui
mais dans la forêt tropicale. Tout était vert,
il faisait chaud, un vrai paradis sur terre !

« Incroyable ! » s'exclama Loup.

Il grimpa sur un rocher pour observer le paysage et là...

AAHHH ! le rocher décolla.

« Au secours ! hurla Loup.

– Bienvenue chez les dinosaures !

fit une voix grave. Je vous fais visiter

si vous voulez ? »

Loup regarda sous lui, sidéré.

Il était assis sur la tête d'un diplodocus !

Loup profitait de la balade quand un redoutable rugissement
perça le silence. À deux pas de lui se tenait le plus effrayant
dinosaure de tous les temps : un tyrannosaure.
« Désolé étranger, fit le diplodocus en secouant la tête,
c'est toi qu'il veut pour son dîner.

– Mais... il va me dévorer ! » cria Loup terrifié en attrapant
son livre. Et tandis qu'il dégringolait vers les mâchoires
du monstre, il tourna la page... et **pffiou !** il disparut.

Loup reprit ses esprits dans une grotte. Il était couvert
de peaux de bête mais **ah gla gla...** qu'il faisait froid !
« Bienvenue chez les Crocs-Magnons, le salua un vieux loup.
Tu prendras bien un cuissot de dino ?

—CUEILLETTE
MARDI → ROGER

IL ÉTAIT UNE FOIS ...

– Euh, non merci, fit Loup écœuré en regardant
les autres dévorer la viande à moitié crue.
– Alors en route ! Nous partons chasser
le mammouth. » Loup soupira.
Il détestait chasser, et puis
il aimait bien les mammouths.
Pas question de participer
à leur disparition ! Ah ça
non ! Alors **pffiou !**
Plus de Loup.

MERCI DE VOUS
ESSUYER LES PIEDS
EN ENTRANT

13

Cette fois, Loup se trouvait sur le chantier de construction
d'une immense pyramide. À ses pieds, des tentes de couleur
avaient été dressées pour accueillir le pharaon d'Égypte, en visite.

« Prépare-toi, Toutenkhanine arrive », lui glissa à l'oreille
une jolie danseuse. Loup commença à jouer. Mais il jouait
si faux que le roi se boucha les oreilles.
« Ce musicien a offensé les oreilles du pharaon !
hurla le vizir. Qu'on le jette aux crocodiles ! »

Des gardes s'avancèrent vers Loup
mais **pffiou !** il avait déjà
tourné la page.

NE PAS NOURRIR
LES CROCOS

Quand Loup ouvrit les yeux, il se trouvait
à Rome, sur la ligne de départ d'une course
de chars. Le stade était plein à craquer,
cela criait, cela chantait.

« Enfin je vais m'amuser, se réjouit Loup.
J'adore les courses. »
Au signal, les chars s'élancèrent.
Acclamé par la foule, Loup prit la tête du peloton,
et dépassa un à un tous ses adversaires.

À l'arrivée, Jules César
en personne l'attendait :
« Honneur à toi, vainqueur.
Prépare-toi maintenant à affronter
notre meilleur gladiateur,
Marcus Gros-Louisus. Si tu remportes
le combat, tu seras mon nouveau champion.

18

LOUP ♥

« – C'est gentil mais je déteste me battre, répondit Loup en sortant son livre. Je suis venu, j'ai vu et je me suis bien amusé, merci. »
Et **pffiou !** il disparut comme par magie, laissant César tout ébahi.

C'était le plus grand banquet que
Loup ait jamais vu. Dressée au pied
du château fort, la table croulait sous
les viandes farcies, pâtés en croûte
et douces pâtisseries...

« Voilà enfin une époque faite pour moi »,
se réjouit Loup en tendant la patte vers
un navet. Mais il fut interrompu par un cri :
« Seigneur, quel malheur ! Votre fille vient
d'être enlevée par le dragon ! »

Tous les regards se tournèrent vers Loup.
« Chevalier, fit solennellement le seigneur,
vous seul pouvez la délivrer. »

On amena à Loup ses armes et son destrier.
En maugréant, il suivit la foule jusqu'au
repaire du monstre.

NE PAS
DÉRANGER

« Les dragons,
cela n'existe pas », expliqua
Loup tranquillement en
s'avançant vers l'entrée
de la grotte.

Edmond

Il y eut un grand silence et puis **GRRRRRRRRR** !
le monstre fondit sur le pauvre loup...
qui partit en courant.

« À moi ! » hurla notre chevalier
en ouvrant son livre.
Et **pffiii-ouf !** plus de Loup.
Et plus de dragon non plus...

Loup se réveilla entouré de peintures et d'œuvres d'art.

Assis derrière sa toile, un vieux loup peignait.

Soudain, quelqu'un ouvrit la porte en criant :

« Maître Louonard ! On apprend que Christophe Colomb

a découvert un nouveau monde ! »

L'artiste leva le museau, rêveur.

« Ce monde s'appellera l'Amérique, mon ami.

Ah ! quelle époque fantastique ! »

Puis il tendit son pinceau à Loup en disant :

« Je vous laisse continuer, cher élève, je suis fatigué.

– Certainement pas, répondit Loup, le génie c'est vous, pas moi. »

Et **pffiou !**

25

C'était soir de bal à Versailles. Les invités costumés se promenaient dans les jardins du château, la musique coulait à flot.

« Grandiose, n'est-ce pas ? fit un homme vêtu d'or près de Loup.

– Grandiose, Majesté », répondit Loup un peu intimidé en reconnaissant le roi Loup XIV.

Près du roi se tenait une demoiselle très belle.

« Je me présente, Madame de Poupoupidou-ou ! dit-elle en soulevant son masque. Et vous, qui êtes-vous ? »

Loup regarda la louve. Elle lui rappelait quelqu'un...
Et soudain son cœur s'emballa et il sentit ses jambes
devenir flagada.

« M'accorderez-vous ce-cette danse ? bafouilla-t-il
en rougissant.

– Avec plaisir, répondit la louve.

– Gardes ! Emparez-vous de ce loup ! hurla le roi jaloux.

– Quel dommage ! soupira Loup. Adieu Madame. »

Et **pffiou !** il disparut dans un nuage.

« Que d'agitation ! Que de bruit ! gémit Loup en se bouchant
les oreilles. Mais où suis-je tombé cette fois-ci ?
– Vive la Révolution ! lui crièrent des paysans armés jusqu'aux dents.
Joins-toi à nous, citoyen Loup, nous allons prendre la Bastille ! »
Loup réfléchit un instant. Qu'il soit là ou pas, cela allait chauffer.
Mieux valait s'éclipser. Et **pffiou...** !

Il n'y avait aucun bruit. Juste une échelle
métallique qui plongeait dans la nuit...
Loup descendit les barreaux prudemment.

Quand il toucha le sol, il regarda autour de lui.
Le paysage était lunaire. Il fit un petit pas, bondit, rebondit...
« J'ai marché sur la Lune ! » comprit Loup, ravi.
Dans sa joie, il lâcha son livre, et son livre s'envola !

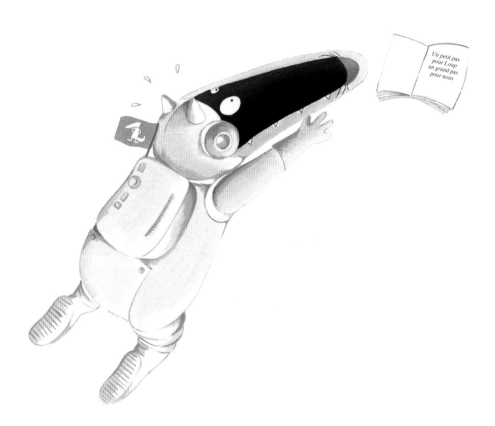

Un petit pas pour Loup un grand pas pour nous

« Oh non, pas ça ! » hurla Loup.
Il plongea, attrapa le livre qui s'ouvrit... et fut englouti !

Loup fut pris dans un tourbillon d'objets, de visages,
de mots, d'époques !
« STOP ! cria-t-il. Cela suffit ! Je veux rentrer dans ma forêt !
– Moi aussi ! » gronda une voix tout près.
C'était le dragon qui, comme lui, en avait assez.
« Il suffisait de le demander, cher lecteur », fit une voix amusée.

Et **pffiou !** Loup se retrouva assis près de sa cheminée.
Mais il eut beau chercher, il ne trouva nulle part de livre doré.
« On dirait que j'ai rêvé, soupira Loup. Dommage, mes copains
auraient vraiment été épatés… »

Le loup
qui n'aimait pas Noël

Il était une fois un gros loup noir qui n'aimait pas Noël.
Il s'appelait Loup.

À Noël, il y avait trop de lumières, trop de chansons, trop
de décorations. Vraiment, cette fête lui donnait mal à la tête.
Et plus décembre approchait, plus Loup se renfrognait.

Chez
Loup

39

Ce matin-là, quand Loup
se réveilla, tout était blanc dans
la forêt. Enchanté, il s'habilla
chaudement et sortit se promener.
« You-hou ! Lou-oup ! »

– Salut les amis ! fit Loup en découvrant Maître Hibou et Valentin perchés tout en haut d'un sapin. Voulez-vous faire une bataille de boules de neige avec moi ?

– Désolé Loup, mais nous installons les guirlandes lumineuses pour Noël. Tu viens nous aider ?

– Certainement pas ! répondit Loup. Je déteste Noël. »

Plus loin, Loup s'arrêta chez son ami Joshua. Ce dernier
était dans son salon, en train de choisir des décorations.
« Salut Joshua, fit Loup, tu as vu toute cette neige !
Veux-tu venir t'amuser avec moi ?

– Désolé, Loup, mais aujourd'hui, je décore mon sapin de Noël.
Tu veux m'aider ?
– Certainement pas ! répondit Loup, agacé. Je déteste Noël. »
Et il continua son chemin.

Loup arriva chez son ami Gros-Louis.
Une délicieuse odeur s'échappait de la cuisine.
« Salut Gros-Louis ! Tu viens faire un bonhomme
de neige avec moi ?

Pouah !!!

– Désolé, Loup, mais je n'ai pas le temps. Je prépare des sablés de Noël à la cannelle. Tu veux les goûter ?

– Certainement pas ! répondit Loup. Je déteste la cannelle… et d'abord, je déteste Noël ! »

CHAMPION
DES BOIS

Un peu plus loin, Loup frappa
chez son ami Alfred.
« Salut Alfred, tu veux faire
une bataille de boules de neige ?
— Désolé, Loup, mais j'écris
ma lettre au Père Noël.
Il faut que je la poste aujourd'hui.
Et toi, tu as déjà envoyé la tienne ?

– Certainement pas ! répondit Loup.
Je déteste Noël ! »

Et il ajouta, en bougonnant :
« De toute façon, le Père Noël
ne m'apporte jamais rien à moi ! »

Loup alla ensuite chez Louve.
Elle, au moins, aurait du temps pour lui.

« Bonjour Louve. Tu as vu comme la forêt est belle aujourd'hui !
As-tu envie de venir te promener avec moi ?
– J'aurais adoré, répondit Louve. Mais je dois préparer le dîner pour
le réveillon de Noël, demain soir. D'ailleurs, tu es invité ! »

Loup sentit la moutarde lui monter au nez.

« Noël, toujours Noël ! Moi, je déteste Noël !

— Mais... pourquoi détestes-tu Noël ? demanda Louve, très étonnée.
Noël, c'est des étoiles, se retrouver tous ensemble autour d'un sapin,
partager un bon repas... Noël, c'est tellement bien ! »

Pendant un moment, Loup ne dit rien.
Puis d'une petite voix, il grommela :
« Moi, je n'ai jamais fêté Noël. »

Louve en resta ébahie.

« Raison de plus pour que tu m'aides à préparer le repas !
fit-elle enfin. À nous deux, ce sera beaucoup plus amusant. »
C'est ainsi que Loup passa l'après-midi avec Louve.
Elle lui montra comment cuisiner la dinde de Noël,
et ils s'amusèrent beaucoup
à écraser les marrons
pour faire la farce.

Pour le dessert, ils firent
une énorme bûche au chocolat.

Quand tout fut terminé, la nuit était tombée.

« J'ai passé un très bon après-midi, fit Loup en se léchant
les babines. Maintenant, je suis le roi de la dinde farcie
et de la bûche au chocolat !

– J'ai adoré préparer ce repas
avec toi ! répondit Louve.
Merci pour ton aide,
et à demain. »

Arrivé devant chez lui, Loup poussa un « Oh ! » émerveillé.
Des guirlandes étaient accrochées sur le toit de sa maison !
Elles scintillaient dans la nuit, c'était une féérie.
« Merci Maître Hibou, merci Valentin », murmura Loup.

En souriant, il poussa la porte et...

Quelle surprise ! Au milieu de son salon, il y avait
un magnifique sapin, avec un petit mot de Joshua :
« J'ai décoré ce sapin pour toi, j'espère qu'il te plaira ! »

Sur le buffet, des santons étaient posés, et un petit mot
de Louve disait : « J'ai choisi ces santons pour toi, c'est
Demoiselle Yéti qui les a installés. Bisous de ta Louve chérie. »

59

Dans la cuisine, Loup trouva une boîte de biscuits et
un mot de Gros-Louis : « Ces biscuits de Noël sont pour toi, Loup.
Rassure-toi, ils sont au chocolat ! »

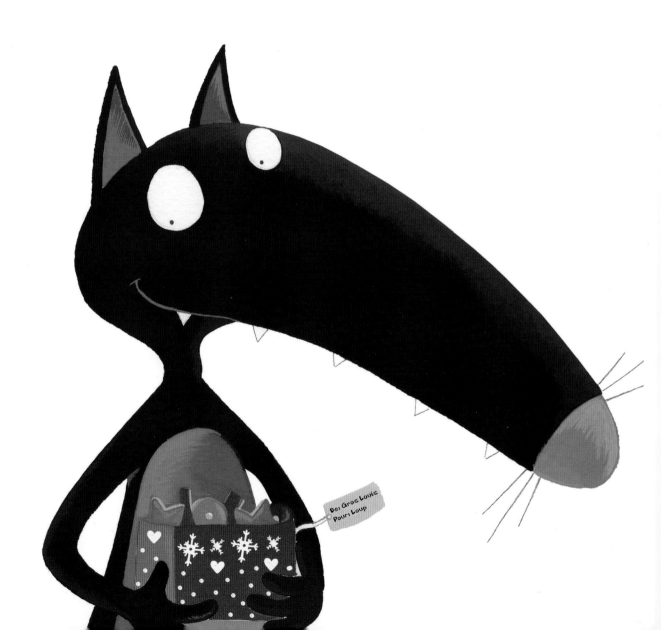

si tu as besoin
d'aide pour allumer
ton feu, appelle-moi !

Edmond

PS : Il suffira d'une étincelle...

Ne pas allumer
la nuit de Noël.

Il y avait aussi des bougies par-ci, par-là,
et un gros tas de bois tout juste rentré.

61

Le lendemain, Loup se prépara avec soin pour le réveillon de Noël. Il mit son plus joli costume, se versa quelques paillettes sur la tête, acheta des fleurs pour Louve et des petits paquets de chocolats pour chacun des invités.

Quand Loup retrouva ses amis pour le réveillon de Noël, il leur dit :
« Merci les amis ! Grâce à vous, pour la première fois, je passe
un merveilleux Noël. Et maintenant, bon appétit ! »

Ce fut une soirée chaleureuse, et tout le monde eut beaucoup de mal à se quitter.
« On se retrouve demain pour jouer dans la neige ? demanda Loup avant de partir.
— Oui, oui ! » répondirent ses amis.

Loup ne vit pas Gros-Louis qui faisait un clin d'œil à Demoiselle Yéti, ni les autres qui riaient d'un air un peu bêta...

Le jour de Noël, Loup se leva tôt. Quelle ne fut pas sa surprise en découvrant au pied de son sapin… des cadeaux ! Et ce petit mot :

« Cher Loup, Désolé de t'avoir oublié si longtemps, mais grâce à tes amis qui m'ont écrit, cette année j'ai pu te gâter ! Signé : Le Père Noël. »

Tout excité, Loup se précipita vers ses paquets.
Il y en avait beaucoup à déballer.
« Merci, Père Noël ! » murmura Loup, tout ému.

Puis il fila rejoindre ses amis qui l'attendaient pour la plus grande bataille de boules de neige de l'année.

67

Le loup

qui fêtait son anniversaire

Par un bel après-midi d'été, Alfred toqua à la porte de Loup.
« Salut, Loup ! Tu viens faire une partie de foot avec nous ?
— Avec plaisir, répondit Loup. J'en profiterai pour vous parler
de mon anniversaire. Cette année je voudrais... »
Loup ne termina pas sa phrase. Alfred avait déjà filé.

Chez **Loup**

71

Dans la forêt, le match venait de commencer.
« Bonjour Louve, fit Loup. Qui mène ?
— Les Rouges, hélas. Il est temps que
tu interviennes !
— J'arrive les copains ! » cria Loup
en se précipitant sur le terrain.

Il y eut un moment de pagaille et puis :
passe de Loup, dribble d'Alfred, cri effrayant
de Demoiselle Yéti et but pour les Bleus. Youpi !

73

Ce fut un match très serré, mais les Bleus finirent par l'emporter.
Profitant de la bonne humeur générale, Loup annonça :
« Écoutez-moi, tous. Cette année, j'ai décidé de faire
une **super** fête pour mon anniversaire ! Ce sera samedi prochain,
à la maison. »
Tout le monde se regarda d'un air gêné.

« Zut alors, commença Valentin, samedi je suis invité chez mon copain Lucien.

— Moi j'ai un match de basket que je ne peux pas manquer, désolé, fit Alfred.

— Samedi, j'ai mon cours de cuisine, dit Gros-Louis.

— Et moi je dîne avec ma copine Loudivine », murmura Louve.

Loup sentit ses moustaches picoter et 1, 2, 3...
il explosa. « C'est bon, j'ai compris !
Ne vous inquiétez pas, on fêtera
mon anniversaire l'année prochaine.
Allez, salut la compagnie ! »

Furieux, Loup partit bouder dans la forêt.
Il avançait au hasard, shootant dans les cailloux,
les bouts de bois, les... **BING !**

« Aïe ! fit Loup en se tenant le pied. Qu'est-ce que c'est que ce truc ? »

Il se baissa pour ramasser l'objet. C'était une drôle de bouteille, toute dorée et fermée par un étonnant bouchon sculpté.

Intrigué, Loup examina la bouteille de plus près.
Que pouvait-il bien y avoir à l'intérieur ?
Il hésita un instant puis la déboucha avec précaution.

Aussitôt : **ZLIP, ZLOUP, ZLAHOU !** un nuage de poussière dorée
s'échappa de la bouteille et prit forme au-dessus de Loup.
« Salut Loup, c'est ton jour de chance aujourd'hui car
je suis un génie ! Tu as trois vœux et je suis là pour les exaucer.
Parle, je t'écoute. »

Stupéfait, Loup observa l'étonnante apparition. Cette rencontre tombait très bien : il en avait assez de la forêt et de ses amis.

Tout l'univers

« Je voudrais être ailleurs, fit Loup. Très très loin d'ici.

– Que ton vœu soit exaucé ! » répondit le génie.

Et **ZLIP, ZLOUP, ZLAHOU !** Tout pétilla autour de Loup et il disparut.

Loup reprit connaissance dans une grande plaine rouge, couverte de crevasses et de cailloux.

« Bienvenue sur la planète Mars ! claironna le génie. C'est le plus loin que j'ai trouvé. J'espère que tu es satisfait.
— Pas du tout ! cria Loup, affolé. J'imaginais quelque chose de, euh… plus joli.
— Fallait le dire plus tôt, Loupiot ! » soupira le génie.

Et ZLIP, ZLOUP, ZLAHOU !

85

Cette fois, c'était beaucoup mieux !
Du soleil, une plage de sable fin, la mer bleu turquoise...
« Et voilà ! fit le génie fier de lui, une île paradisiaque
rien que pour toi. »

Loup se baigna, grignota, dormit, se baigna, grignota... Et s'ennuya.
« Ah, si seulement mes copains étaient là », pensait-il.
Mais il se renfrognait juste après : « Pfff, de toute façon,
mes copains s'amusent très bien sans moi. »
Et c'est vraiment ce qu'il croyait.

Pour s'occuper, Loup décida d'explorer l'île. Il fit quelques mètres dans la jungle, ouvrant son chemin à coups de machette. Comme c'était fatigant ! Et tous ces moustiques qui lui tournaient autour, très énervant !

« Encore heureux qu'il n'y ait pas de serpent,
marmonna Loup, je déteste les serpents. »
C'est à cet instant précis qu'un python
de Papouasie tomba sur lui.

Doucement, tranquillement, l'énorme bête resserrait
ses anneaux autour de Loup. Dans un dernier effort,
Loup renversa la bouteille. Et le génie fut là.

« Que puis-je pour toi ? fit-il.
Un dernier vœu, peut-être ?
— Je... ren...trer... mai...son,
articula Loup faiblement.
— Qu'il en soit ainsi !
fit le génie, dégoûté.
Mais franchement, j'espérais
mieux comme troisième vœu. »

Et **ZLIP, ZLOUP, ZLAHOU !**

91

Quand Loup ouvrit les yeux, **OUF** ! il était de retour
dans sa forêt. « Ah, te voilà enfin ! s'écria Maître Hibou.
Où étais-tu passé ? On t'a cherché partout !

— Je... euh... me suis endormi dans la forêt, balbutia Loup.
— Tu es parti bouder, plutôt ! Quel fichu caractère tu as !
Allez, rentre vite chez toi, et ne t'endors pas en chemin cette fois. »
Loup se mit en route, impatient de retrouver sa maison,
ses chaussons et... son lit.

Avec un soupir de satisfaction,
Loup ouvrit la porte de sa maison.
Un énorme carton l'attendait,
posé au milieu du salon.

« Qu'est-ce que c'est que ça, encore ? marmonna Loup.
Je n'ai rien commandé, moi. »
Il s'approcha du carton, quand soudain...

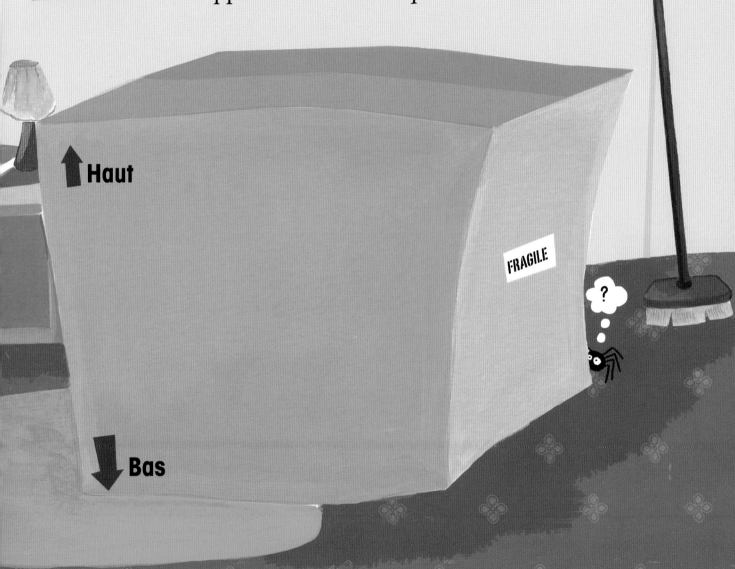

Haut

Bas

FRAGILE

?

« **Surprise ! JOYEUX ANNIVERSAIRE, LOUP !** »
Loup fut submergé par un océan de confettis et d'amitié.
Il l'avait oublié, mais c'était son anniversaire aujourd'hui !

« Et moi qui pensais que vous vous moquiez
de mon anniversaire..., fit-il tout penaud.
– On avait déjà prévu de t'organiser un anniversaire,
gros nigaud ! rigola Valentin. Il fallait bien
qu'on joue la comédie. »

JOYEUX ANNIVERSAIRE
LOUP

FRAGILE

97

Louve tendit à Loup une petite enveloppe.
Le cœur battant, Loup l'ouvrit et lut :

« Cher Loup, tu viens de gagner une semaine
à la mer avec les meilleurs copains de la terre.
Départ : après la fête ! Tes amis qui t'aiment. »

Loup regarda ses amis et sourit. Ce n'était pas aujourd'hui qu'il retrouverait son lit ! Tant pis. Et tant mieux aussi !

Le loup

qui découvrait le pays des contes

Quand Loup se réveilla ce matin-là, le soleil brillait haut dans le ciel. C'était un temps parfait pour le grand Goûter du Printemps, qui aurait lieu l'après-midi même dans la forêt.

« Cette année, pour le Goûter, je vais faire un gâteau aux pommes, décida Loup. Le souci, c'est que je ne sais pas cuisiner. »

Loup prit un panier et sortit. Dans la forêt, il trouverait bien quelqu'un pour l'aider !

Loup marcha longtemps sans rencontrer personne.
Enfin, au détour d'un sentier, il tomba nez à nez avec
trois petits cochons qui construisaient leurs maisons.

« Au secours ! Le loup ! hurlèrent les cochonnets.
Il va nous dévorer !
– Dévorer de mignons petits cochons ?
Mais pas du tout ! s'exclama Loup, horrifié.
– Alors tu vas souffler, souffler, et nos maisons
vont s'envoler !

– N'importe quoi ! Moi, ce que je voudrais, c'est cuisiner
un gâteau aux pommes, mais je ne sais pas comment faire... »

Étonnés, les trois petits cochons se regardèrent.
« Et si on lui donnait la recette de Tatie Rosette ?
Son gâteau aux pommes est le meilleur de la planète !
– D'accord, fit le plus sage des petits cochons, mais
à une condition : qu'il nous aide à finir nos maisons ! »

Loup se mit gaiement au travail.
Quand il reprit la route, il était courbatu,
mais il avait la recette de Tatie Rosette. Il ne lui
restait plus qu'à rassembler les ingrédients :
de la farine, du beurre, des œufs, du sucre
et des pommes, bien entendu.

Tout en avançant, Loup pensait à son gâteau :
moelleux, fondant, sucré, **mmm...** délicieux !
Il en avait l'eau à la bouche.
« D'abord, il me faut de la farine, fit Loup.
Et si je demandais ici ? »

Toc, toc, toc ! Doucement la porte s'ouvrit
et sept mignons chevreaux pointèrent leurs museaux.

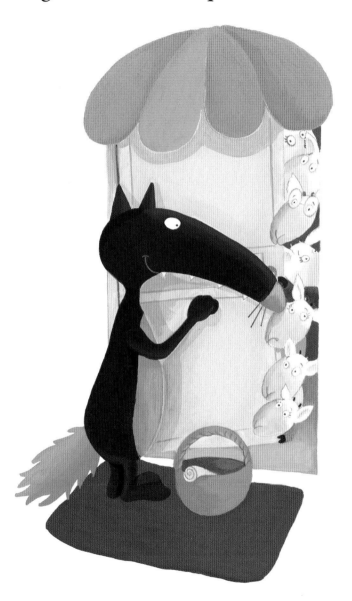

Loup s'avança et **VLAN !** quelqu'un l'assomma.

Quand il rouvrit les yeux, Loup était ligoté et il avait très mal à la tête.

« Alors le loup, on se croit encore le plus fort ? gronda la maman chèvre.

– Certainement pas ! protesta Loup. Je voudrais de la farine, c'est tout.

– De la farine pour montrer patte blanche et dévorer mes chevreaux !

– Euh... non, bredouilla Loup, de la farine pour faire un gâteau. »

Par chance, la chèvre adorait
cuisiner. En échange de
la recette de Tatie Rosette,
elle donna à Loup de la farine...

... et **HOP!** le jeta dehors.

Loup reprit son chemin en grommelant. Il ne pensait pas que
faire un gâteau serait aussi compliqué. Il bougonnait encore
lorsqu'il entendit quelqu'un chanter. C'était une petite fille
tout de rouge vêtue, qui cueillait des fleurs.

« Hé toi ! Je te connais ! cria la petite fille. Tu es le loup ! »

Loup soupira : voilà que cela recommençait.

« N'aie pas peur, je ne vais pas te dévorer, fit-il de sa voix la plus douce.

– Ça c'est sûr, fit la petite en haussant les épaules, tu n'as pas l'air
bien méchant ! »

Soulagé, Loup s'assit dans l'herbe près du Petit Chaperon rouge.
Et tandis qu'ils partageaient un morceau de galette,
il lui parla de la recette de Tatie Rosette.
« Si tu joues avec moi, je te donnerai mon petit pot de beurre
pour ton gâteau », lui proposa la fillette.

Pendant des heures, Loup joua
à chat perché, à cache-cache,
au loup glacé.

À la fin, il en avait vraiment assez,
mais il avait le petit pot de beurre
dans son panier.

« Ingrédient n° 3 : des œufs », lut ensuite Loup. Justement, il y avait un nid juste au-dessus de lui. Courageusement, Loup commença à grimper quand un cri le fit sursauter : au pied de l'arbre, un renard venait d'attraper une petite poule rousse.

« Ce soir, tu cuiras dans le chaudron, se réjouit le renard. Ma vieille mère et moi, nous nous régalerons ! »

« Pauvre poulette, pensa Loup, je ne peux pas la laisser se faire croquer. »
Sans bruit, il descendit de son perchoir et suivit le renard.

Profitant que le renard s'était endormi, Loup s'approcha
et délivra la poule. « Pauvre de moi ! gémit-elle,
échapper au renard pour finir dans la gueule du loup...

— Rassure-toi, je ne vais pas te manger, lui promit Loup.
Allez cocotte, filons d'ici ! »

Pour remercier Loup, la petite poule rousse proposa de lui tricoter
une culotte qui ferait de lui le plus coquet des loups de la forêt.
« Euh, non merci, fit Loup, je préférerais quelques bons œufs frais. »

Loup se remit en route. Apparut alors devant ses yeux ébahis
une jolie maisonnette toute de pain d'épices, de sucre et de biscuits.
« Voilà qui tombe bien, se réjouit Loup en détachant un morceau
de gouttière, j'ai besoin de sucre pour ma recette. »
Aussitôt la porte s'ouvrit et une affreuse sorcière surgit.

« **Cric, crac, croc !** Qui grignote
mon logis ? grogna-t-elle. Un loup ?
Pouah ! Je vais le transformer
en poulet, ce sera meilleur à manger.

— Certainement pas ! » cria Loup terrorisé, et il se carapata.

121

Loup courut, courut, la sorcière à ses trousses. À bout de souffle,
il arriva devant une chaumière et s'y engouffra.

« Bonjour mon ami, le salua Blanche-Neige. Qui te poursuit ?
— Une sorcière ! paniqua Loup. Elle veut me transformer en poulet !
— N'aie crainte, elle ne te trouvera pas ici. Repose-toi près
de la cheminée, tu sembles épuisé. »
Reconnaissant, Loup s'assit et aussitôt il s'assoupit !

Au réveil, Loup raconta à
Blanche-Neige toute son histoire :
le Goûter, la recette de Tatie
Rosette, et toutes ces choses
bizarres qui lui étaient arrivées.

« C'est parce que tu es dans la forêt des Contes ! lui expliqua la jeune fille. D'ailleurs, voici de belles pommes pour ton gâteau. »

Loup regarda les magnifiques pommes rouges avec inquiétude.
« Promis, la méchante reine ne les a pas touchées », rit Blanche-Neige.
Loup la remercia, rassuré.

Blanche-Neige conduisit alors Loup devant son miroir :
« Miroir, mon beau miroir, dis-moi qui est le plus chou des loups ?
– C'est Loup le plus chou ! fit le miroir, amusé. Et si on le gardait
avec nous ?

— Non, cher miroir, répondit Blanche-Neige, renvoie-le vite dans sa forêt. Mais avant... »

Et Blanche-Neige déposa un doux baiser sur le museau de Loup. Qui se sentit rougir, partir, rougir, partir...

Loup secoua la tête, tout étourdi. Il était de retour chez lui !
À ses pieds, son panier était bien rempli.
« Youpi ! J'ai tout ce qu'il faut pour préparer mon gâteau.
Vite ! Aux fourneaux ! »

Dans sa cuisine, Loup suivit à la lettre la recette de Tatie Rosette :
il coupa, versa, mélangea... Lorsque tout fut terminé, son gâteau
était gonflé et doré à souhait ! C'est alors que : **toc ! toc ! toc !**
on frappa à sa porte.

« Salut mon chou, fit Mère-Grand,
on est venu pour le Goûter ! »

129

C'était l'heure du Goûter. Autour de la table, les amis
de Loup étaient déjà installés, impatients de se régaler.
« Ah, te voilà enfin ! s'exclama Valentin.
Que nous as-tu donc amené ?
— Le gâteau aux pommes de Tatie Rosette,
fit Loup. Et aussi quelques nouveaux amis... »

Le loup

qui avait peur de son ombre

Il était une fois un jeune loup qui avait peur de tout.
Tout petit déjà, le moindre bruit l'effrayait, et quand
les autres se mettaient à hurler, il allait se cacher, terrorisé.

Pour un loup, c'était très embêtant.

Il avait peur du noir. Dès que la nuit tombait,
il filait se coucher. Une fois à l'abri des draps,
il fallait garder une lumière allumée, au cas où
un monstre se serait caché sous son lit...
prêt à ne faire qu'une bouchée de lui !

Pauvre Loup...
Même son ombre l'effrayait !

Monstres gluants, serpents venimeux,
chauves-souris assoiffées de sang...
Il les imaginait tous tapis dans la forêt.

?!

MÉFIEZ-VOUS
du Loup qui dort.

138

Alors pas question d'aller cueillir des champignons
s'il n'était pas accompagné, ah ça non !

Quant à la chasse, ce n'était pas la peine d'y penser. Même en meute, l'idée de se trouver nez à nez avec une bête poilue le faisait détaler. Et de toute façon, il n'aimait pas la viande crue.

De mémoire de loup, cela ne s'était jamais vu.

« Mon Loup, cela ne peut plus durer, lui dit un jour sa maman.
Tu dois voir le monde et affronter tes peurs.
Ici, tu ne trouveras pas ton bonheur.
– J'ai confiance en toi, ajouta son papa. Tu y arriveras. »

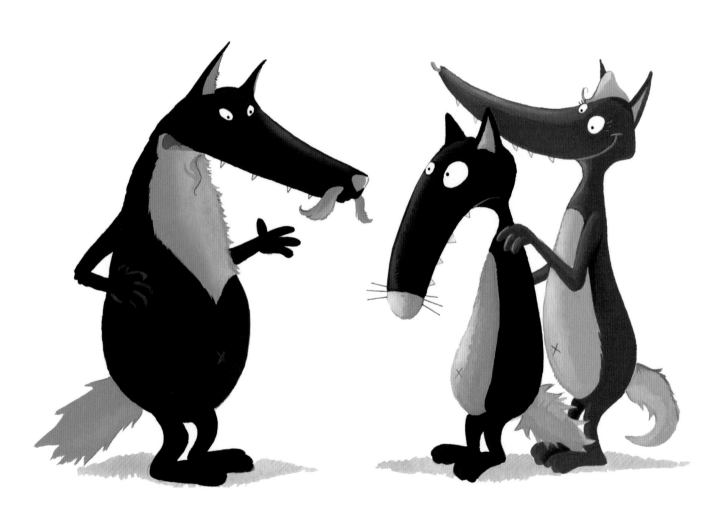

C'est ainsi que Loup se retrouva un matin, la peur au ventre,
tout seul sur le chemin.

Loup avait à peine fait quelques pas qu'il entendit
des voix : deux silhouettes inquiétantes approchaient...
Complètement affolé, il bondit dans les fourrés et...

AÏE ! AÏE ! AÏE !

Il atterrit dans les orties !

« Oh non, gémit Loup, ce sont sûrement des brigands,
ils vont me trancher le cou. »

Apparurent alors près de lui
un ours et un renard à l'air rigolard.
« Hé l'ami ! Pour te cacher,
tu n'es pas très doué, l'interpella l'ours.
Allez, viens par là, montre-toi ! »

Tout penaud, Loup sortit de sa cachette. Et, à son grand
étonnement, il passa un excellent moment.

Loup se remit en route le cœur en joie.

Hélas, cela ne dura pas, car le soir tombait déjà.

« Oh là là, se lamenta-t-il, une nuit
tout seul dans la forêt, je n'y survivrai pas !

– **BOUHOUHOU**, pleura une autre voix, le loup est là,
je suis perdu ! »

Loup regarda autour de lui et découvrit un petit lapin
prisonnier d'un piège.

« Hé ! Je ne suis pas un méchant loup, le rassura-t-il.

Je vais te sortir de là. »

Soudain, un rayon de lumière les éblouit tous les deux.

149

Horreur ! Devant eux se tenait un chasseur. Découvrant Loup, il poussa un cri et laissa tomber son fusil. Le cœur battant à tout rompre, Loup s'avança, délivra le petit lapin et s'enfuit dans la nuit...

Loup courut, courut pendant des kilomètres. Épuisé, il dénicha
un vieux terrier et s'y installa avec le lapereau tout secoué.
Pour le réconforter, Loup passa la soirée à lui raconter
des histoires de cape et d'épée. C'étaient ses préférées.

Quand le petit s'endormit blotti tout contre lui,
Loup se dit que la nuit, c'était doux aussi.

Le lendemain, Loup aida le petit lapin à retrouver les siens.
Madame Lapin lui donna assez de carottes, de mûres
et de noix pour tenir toute la journée.
Pour la première fois, il se sentait l'âme d'un aventurier.

Loup reprit sa route en sifflotant quand il entendit
CRAC... CRAC... CRAC... de drôles de craquements.
« Que faire ? paniqua Loup, cela m'a tout l'air d'un troll
en colère ! »

« **AHHH !** hurla Loup quand le monstre jaillit des buissons devant lui.
– **AHHH !** » répondit la créature terrorisée.
Ce n'était pas un troll : c'était un énorme loup !

« Quelle peur tu m'as
faite ! Je m'appelle
Gros-Louis. Et toi ?
– Loup… répondit Loup
d'une petite voix.

FORÊT
LOINTAINE

– Je vois bien que tu es un loup, rigola Gros-Louis.
Je te demande ton nom.
– Loup tout court, bougonna Loup.
– Enchanté, Loup-tout-court, fit Gros-Louis, amusé.
Viens avec moi, je vais te présenter à mes amis. »

157

Dans une clairière, tout près de là, une joyeuse bande pique-niquait.
« Hé les amis ! fit Gros-Louis, on a de la visite ! Loup, je te présente
Valentin, le plus malin ; ici c'est Joshua, un peu timide et ça se voit !
Et voici Alfred, notre champion, et puis il y a moi, Gros-Louis,
le joyeux drille de la compagnie ! »

Les loups éclatèrent
de rire tandis que
Gros-Louis faisait une
révérence. Loup les regarda
un à un, et il comprit qu'il
était arrivé au bout du chemin.

159

Confortablement installé, Loup raconta aux autres loups
son histoire : ses peurs depuis qu'il était tout petit, ses frères
qui se moquaient de lui et comment il était arrivé ici...

Bonbons
trop bons

Quand il eut terminé, Valentin s'écria :
« Eh bien, les copains, on dirait qu'il y a un nouvel ami dans la bande. Et quelque chose me dit qu'on ne va pas s'ennuyer avec lui ! »

C'est ainsi, et pas autrement,
que Loup arriva dans la Forêt
lointaine. De ce jour, il se sentit
bien, et il n'eut plus peur de rien...

Enfin... **PRESQUE !**

163

Le loup

qui enquêtait au musée

Il était une fois un loup qui n'aimait pas aller au musée.
« Les musées, c'est ennuyeux », répétait-il autour de lui.

Mais voilà qu'un matin, tous ses amis se présentèrent chez lui :
« Aujourd'hui, on t'emmène au musée », lui annonça
sa louve chérie.
Loup fit la grimace, mais comme il était très amoureux, il dit oui.

Louonard de Vinci

Maître Hibou débuta la visite par son œuvre préférée, un tableau de Louonard de Vinci, connu dans le monde entier.

« Ce tableau a été peint vers 1503, commença-t-il, vous pouvez y admirer une mystérieuse beauté...

Titi

Josh

Velousquez

Wolfmeer

Arcimboldloup

– C'est vrai qu'elle est jolie », chuchota
Valentin en se tournant vers Loup.

Mais déjà, Loup n'était plus là !

Dans la salle d'à côté, Loup s'était arrêté devant un tableau. Surpris, il pencha la tête pour mieux le regarder. Est-ce qu'il voyait mal ou bien est-ce que cette toile était vraiment... spéciale ?

Pabloup Picassou

Un petit rat éclata de rire près de lui :

Pabloup Pi

Paul Kloup

« C'est un portrait peint par Pabloup Picassou.
Allez, ne fais pas cette tête-là et suis-moi ! Aussi vrai
que je suis Barnabé, gardien de ce musée, nous allons
trouver une œuvre d'art qui te plaira. »

Frida Kahloup

H-A Jacquemart

Joyeusement, Barnabé entraîna Loup
dans la pièce suivante.
« Voici notre collection de sculptures.
Certaines ont plus de mille ans, d'autres à peine vingt !
– Magnifique ! s'exclama Loup en se hissant sur le dos
d'un superbe animal blanc.

– Hé ! Veux-tu descendre de là ?
le gronda Barnabé. C'est fragile,
une œuvre d'art... »
À cet instant précis, une sirène se déclencha.

BIIIIIIIP !!!!

La Vénus de Miloup

Pompon

« C'est la grande alarme du musée ! s'inquiéta Barnabé.
Je dois filer : quelque chose est arrivé. »

Loup essaya de rattraper Barnabé, mais ce musée était un vrai labyrinthe ! Découragé, il s'arrêta dans une pièce étonnante.

Sur le mur, une inscription disait :
« Réveillez l'artiste qui dort en vous ! »

Loup s'approcha pour observer de plus près
un paysage enneigé. Il connaissait cet endroit :
n'étaient-ce pas les montagnes de l'Himalaya ?
« Au voleur ! Au voleur ! » entendit-il alors crier.
C'était la voix de Barnabé !

MAXIME

Guidé par les cris, Loup retrouva enfin le petit rat.
Il était dans tous ses états.
« Notre masque tibétain a disparu. Il est unique au monde,
c'est une catastrophe !
– Restons calmes, fit Loup en regardant autour de lui.
Le voleur n'est peut-être pas loin… Ne seraient-ce pas
des traces, ici ? »

Tigre à dents de sabre

Dodo

178

En suivant les empreintes,
Loup et Barnabé pénétrèrent
dans une immense galerie.

Impressionné, Loup s'arrêta
devant une drôle de bête.
« C'est un dodo, lui expliqua
Barnabé, une espèce qui
n'existe plus aujourd'hui. »

Loup en resta baba :
décidément, les musées,
c'était plus intéressant
qu'il ne le pensait.

Grand pingouin

179

À l'entrée de la salle suivante
se dessinait une ombre inquiétante.
« Euh, le voleur n'est certainement
pas ici, bredouilla Loup en reculant.
– Ce n'est qu'un squelette
de dinosaure, gros bêta ! le rassura
Barnabé. Allez, dépêche-toi !
Les traces continuent par là... »

Le mammo-
laineux

Mammouth

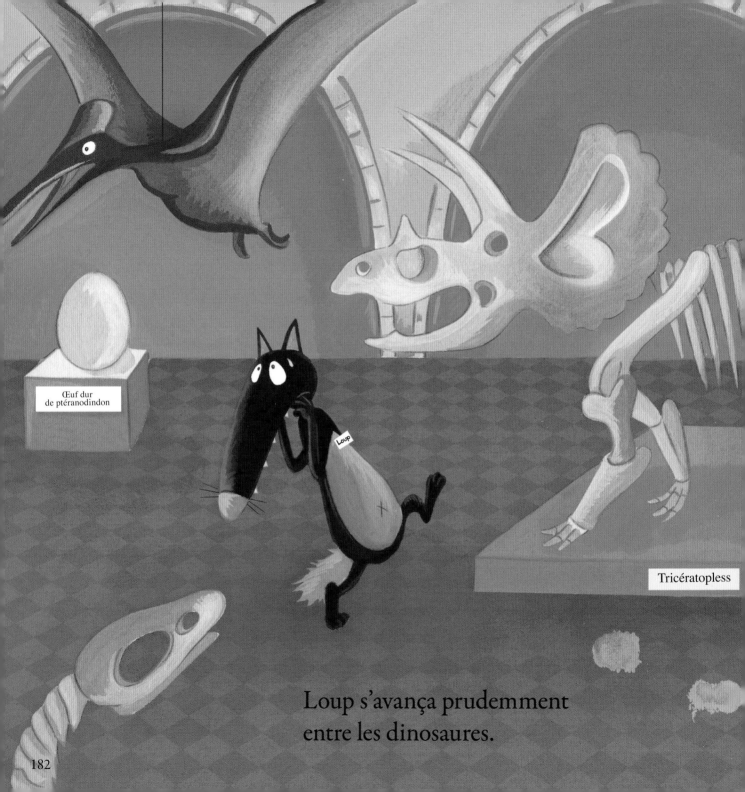

Œuf dur
de ptéranodindon

Loup

Tricératopless

Loup s'avança prudemment
entre les dinosaures.

C'est alors qu'il aperçut
quelque chose sur le sol.
C'était un petit nœud.
Un petit nœud rose
couvert de... poils roses.
Il fronça les sourcils.
Ses soupçons se
confirmaient...

Pensif, Loup se hâta de
rejoindre le petit gardien.

183

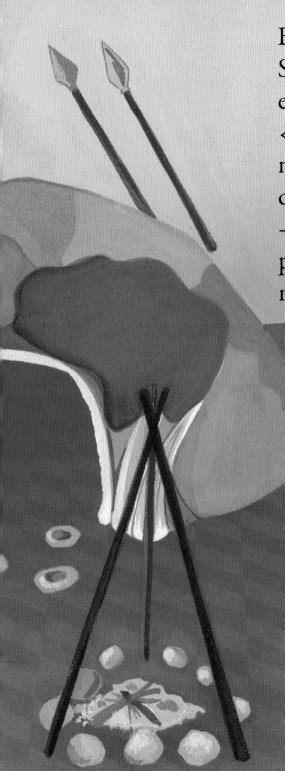

Barnabé l'attendait près d'une hutte.
Sur le sol, il y avait des bols de terre cuite
et des outils préhistoriques.
« Grâce à ces objets, on sait comment vivaient
nos ancêtres, expliqua Barnabé. Et je viens
de m'apercevoir qu'il manque un silex !
– Certainement celui que le voleur a utilisé
pour casser la vitrine du masque... »
murmura Loup.

BOUM ! entendit-on
alors au fond de la pièce.
« Il y a quelqu'un là-bas ! »
cria Barnabé.

Les deux compères se lancèrent à la poursuite de l'ombre.
À bout de souffle, Barnabé s'arrêta devant le sarcophage
du pharaon Toutankhanine.
« Je n'y comprends rien, cette salle est sans issue.
À croire que le voleur s'est volatilisé !
– Je ne crois pas, fit Loup en tendant la patte vers
le sarcophage.
– Ah non ! se fâcha Barnabé. Je t'ai déjà expliqué
qu'on ne touche pas aux œuvres d'art ! »
Mais ce qu'il y avait à l'intérieur lui coupa le sifflet...

À l'intérieur du sarcophage, il y avait... Demoiselle Yéti !
Elle tenait dans ses bras le masque volé.
« Je me doutais que c'était toi, soupira Loup. Allez Titi, sors de là. »

Demoiselle Yéti éclata en gros sanglots.

« Je-je suis vraiment-ment dé-dé...solée, hoqueta-t-elle.
Mais ce masque-que ressemble tel-tellement à mon pa...pa.
Je n'ai pas-pas pu m'en em...pêcher.
– Allez, allez, on ne pleure plus, fit le petit rat, ému.
Nous allons le remettre à sa place et personne
n'en saura rien. »

Tandis que Loup rejoignait les autres, ses yeux furent attirés par une peinture : on aurait dit sa forêt, mais en beaucoup plus belle. Le cœur battant, il s'assit pour l'admirer.

Henri Lousseau

« Et voilà ! se réjouit Barnabé derrière lui. Coup de foudre
artistique ! L'art émeut, transporte, fait voyager !
Je t'avais dit qu'on trouverait l'œuvre qui te plairait. »

191

Loup resta un long moment
à contempler la toile.
Puis il rejoignit ses amis.
Ils étaient toujours devant
les peintures, à écouter
Maître Hibou.

Henri Ratisse

« Ah te voilà, Loup ! gronda le vieux hibou.
Et moi qui croyais que tu allais faire un effort pour
apprécier le musée... À peine arrivé, tu disparais. »

Renard Monch

« Où étais-tu passé ? demanda Louve à Loup
à la sortie du musée.

194

– J'ai grimpé sur un ours blanc, rencontré un dodo, échappé à un terrible dinosaure, résolu une énigme et je me suis promené dans une forêt merveilleuse, répondit Loup. Vous aviez raison les amis, les musées, c'est passionnant ! On y retourne quand ? »

Musée
du Loup'vre

195